Die Erzählung ›Die Fliege‹, längst ein Klassiker unter den Schauergeschichten des 20. Jahrhunderts, bezieht ihre grellen Effekte aus dem Gebiet der Gentechnologie, oder besser: jenem herrlich-schrecklichen Reich der Wissenschaftsphantastik, in dem die Mutationen ihr Unwesen treiben.

Mr. Browning, der Forschungsarbeiten für das Luftfahrtministerium durchführt, hat eine Methode entdeckt, Materie zu übertragen, durch Desintegration und Reintegration: ein Körper wird an einem Ort zum Zerfallen und Zusammenschrumpfen auf seinen winzigen materiellen Kern gebracht und am andern Ort restituiert. Als Browning nach Dutzenden geglückter Versuche mit Gegenständen des täglichen Lebens, einem Meerschweinchen und Hund Pickles schließlich einen Selbstversuch wagt, geschieht etwas Entsetzliches. Eine Fliege ist unbemerkt mit hineingeraten in die Übertragungskabine, und bei der Reintegration kommt es zu einer Konfusion der Atome von Browning und dem Insekt: Browning findet sich mit einem Fliegenkopf wieder. Nur eine Wiederholung des Experiments könnte ihn aus diesem Alptraum erlösen...

George Langelaan wurde 1908 in Paris geboren. Er begann als Lokalreporter in einer amerikanischen Kleinstadt, stieg zum Korrespondenten der ›New York Times‹ auf und wurde nach dem Zweiten Weltkrieg Chef eines großen Pressebüros in Paris. Vom Journalismus führte ihn der Weg zur Literatur. Seine Novelle ›Die Fliege‹ trug ihm einen wichtigen amerikanischen Literaturpreis ein und wurde als erste von mehreren Geschichten Langelaans verfilmt.

George Langelaan
Die Fliege
*Eine phantastische
Erzählung*

Aus dem Französischen von
Karl Rauch

Fischer
Taschenbuch
Verlag

Ungekürzte Ausgabe
Veröffentlicht im Fischer Taschenbuch Verlag GmbH,
Frankfurt am Main, August 1988

Lizenzausgabe mit freundlicher Genehmigung
des Scherz Verlags, Bern, München, Wien
© 1963/1987 by Scherz Verlag, Bern, München, Wien
Die französische Originalausgabe erschien
in dem Band ›Nouvelles de l'Anti-Monde‹
Umschlaggestaltung: Hans-Georg Pospischil
und Alfons Holtgreve
Satz: Fotosatz Otto Gutfreund, Darmstadt
Druck und Bindung: Clausen & Bosse, Leck
Printed in Germany
ISBN 3-596-29314-6

Die Fliege

Für Jean Rostand, der mit mir
einmal ausführlich über Mutationen
gesprochen hat.

Vorm Klingeln habe ich immer Angst gehabt. Selbst bei Tage, am Schreibtisch, nehme ich den Hörer immer mit einem gewissen Unbehagen ab. Aber nachts, besonders wenn ich im tiefen Schlafe davon überrascht werde, löst das Klingeln des Telefons in mir eine geradezu tierische Panik aus, die ich bezwingen muß, bevor ich meine Bewegungen hinreichend koordinieren kann, um Licht zu machen, aufzustehen, hinzugehen und den Hörer abzunehmen. Es bedeutet für mich eine weitere Anstrengung, mit ruhiger Stimme zu sagen: »Hier spricht Arthur Browning«; aber normal werde ich erst dann wieder, wenn ich die Stimme am anderen Ende des Drahts erkenne, und ich bin nicht eher wirklich beruhigt, als bis ich schließlich weiß, worum es sich handelt.
Dennoch fragte ich mit großer Ruhe meine Schwägerin, wie und weshalb sie meinen Bruder getötet habe, als sie mich eines Mor-

gens um zwei Uhr anrief, um mir den Tod ihres Mannes durch ihre Hand mitzuteilen und mich zu bitten, doch rasch die Polizei zu rufen.

»Ich kann dir das am Telefon nicht alles erklären, Arthur! Ruf die Polizei, und dann komm rasch her!«

»Vielleicht wäre es besser, wenn ich dich vorher sprechen könnte.«

»Nein, ich glaube, es ist besser, zunächst die Polizei zu verständigen. Sonst kommen sie nur auf falsche Gedanken und stellen dir wer weiß welche Fragen... Es wird ihnen sowieso schwerfallen, zu glauben, daß ich es ganz allein getan habe. Vor allem muß man ihnen sagen, daß Bobs Leiche sich in der Fabrik befindet. Vielleicht wollen sie dorthin, ehe sie kommen, mich zu holen.«

»Du sagst, Bob liegt in der Fabrik?«

»Ja, unter dem Preßlufthammer.«

»Hast du gesagt... Preßlufthammer?«

»Ja, aber stell nicht so viele Fragen! Komm, komm schnell, bevor ich die Nerven verliere! Ich habe Angst, Arthur; versteh doch, ich habe Angst!«

Und erst nachdem sie aufgelegt hatte, bekam ich meinerseits Angst. Ich hatte zugehört und geantwortet, als handelte es sich um eine einfache geschäftliche Angelegenheit, und nun erst begann ich zu verstehen und mir klarzumachen, was ich gehört hatte.

Wie vor den Kopf geschlagen warf ich die Zigarette weg, die ich mir hatte anzünden müssen, während ich mit Anne sprach, und mit klappernden Zähnen wählte ich die Nummer der Polizei.

Befanden Sie sich je in der Lage, einem schläfrigen Polizisten klarmachen zu müssen, daß Ihre Schwägerin Ihnen soeben angezeigt hat, sie habe Ihren Bruder mit Hilfe eines Preßlufthammers umgebracht?

»Jawohl, mein Herr, ich verstehe Sie genau. Aber wer sind Sie denn? Ihr Name? Ihre Anschrift?«

In dem Augenblick ergriff am anderen Ende der Leitung Inspektor Twinker den Hörer und nahm die Sache in die Hand. Er wenigstens schien begriffen zu haben. Er bat mich, ihn zu erwarten. Ja, er würde mich zu meinem Bruder begleiten.

12

Ich hatte gerade noch Zeit gehabt, in eine Hose und einen Pullover zu schlüpfen, mir ein altes Jackett überzuziehen und eine Mütze aufzusetzen, als ein Wagen vor der Tür hielt.

»Sie haben einen Nachtwächter in der Fabrik, Mr. Browning?« fragte mich der Inspektor beim Anfahren. »Hat er Sie nicht angerufen?«

»Ja... Nein. Das ist wirklich merkwürdig. Zwar konnte mein Bruder durch sein Labor in die Fabrik kommen, wo er oft noch sehr spät abends arbeitete, zuweilen die ganze Nacht hindurch.«

»Sir Robert Browning arbeitete aber nicht mit Ihnen zusammen?«

»Nein, mein Bruder führte Forschungsarbeiten fürs Luftfahrtministerium durch. Da er Ruhe brauchte und ein Labor haben wollte, das dicht bei einem Ort lag, wo man ihm allerlei Gegenstände zusammenbasteln konnte, große und kleine, hatte er sich in dem ersten Haus eingerichtet, das unser Großvater auf dem kleinen Hügel neben der Fabrik hatte bauen lassen. Ich hatte ihm eine der alten

Werkstätten geschenkt, die wir nicht mehr benützen, und genau nach seinen Anweisungen hatten sie meine Arbeiter in ein Labor umgebaut.«

»Wissen Sie genau, worin die Forschungen von Sir Robert bestanden haben?«

»Er sprach nur sehr wenig über seine Arbeiten; sie sind geheim, aber das Luftfahrtministerium muß darüber Bescheid wissen. Ich weiß nur, daß er im Begriff war, einen Versuch abzuschließen, dem seit mehreren Jahren sein ganz besonderes Interesse galt. Ich glaube verstanden zu haben, daß es sich um den Zerfall und die Wiederzusammensetzung von Materie handelte.«

Ohne die Geschwindigkeit wesentlich herabzusetzen, fuhr der Inspektor in den Hof der Fabrik hinein und hielt neben dem Polizisten an, der ihn bereits zu erwarten schien.

Ich brauchte die Bestätigung des Polizisten nicht abzuwarten. Ich wußte – seit Jahren, schien es mir –, daß mein Bruder tot war, und ich stieg mit wackeligen Beinen, wie ein Genesender bei seinem ersten Ausgang, aus dem Wagen des Polizeiinspektors.

Aus dem Dunkel heraustretend, kam ein weiterer Polizist auf uns zu und führte uns in eine hell erleuchtete Werkstatt. Andere Polizisten standen um den Preßlufthammer herum, bei welchem drei Männer in Zivil kleine Scheinwerfer aufstellten. Ich sah den Fotoapparat gegen den Boden gerichtet und mußte mich bemühen, meine Augen ebenfalls dorthin zu richten.

Es war viel weniger schlimm, als ich gedacht hatte. Mein Bruder lag auf dem Bauch und schien zu schlafen. Sein Körper lag etwas quer über den beiden Schienen, auf denen die Stücke entlanggeschoben wurden, die unter den Hammer sollten. Man hätte denken können, sein Kopf und sein rechter Arm seien in die Metallmasse des Hammers eingedrungen; es erschien unmöglich, daß sie zerdrückt, daß sie darunter plattgedrückt wären. Nachdem sich Inspektor Twinker einige Augenblicke mit seinen Kollegen besprochen hatte, kam er zu mir zurück.

»Wie kann man den Hammer heben, Mr. Browning?«

»Ich werde ihn betätigen.«

»Wollen Sie, daß wir einen Ihrer Arbeiter holen?«

»Nein, es geht auch so. Sehen Sie, hier ist der Schalttisch! Der Hammer war auf 50 Tonnen eingestellt, und sein Fall auf Null.«

»Auf Null?«

»Ja, auf Fußbodenhöhe, wenn Sie so wollen. Schließlich war er noch auf getrennte Schläge eingestellt, das heißt, er mußte nach jedem Schlag neu gehoben werden. Ich weiß nicht, was Lady Anne Ihnen sagen wird, aber ich bin sicher, daß sie nicht gewußt hat, wie man den Hammer so einstellt.«

»Vielleicht war er gestern abend schon so eingestellt.«

»Bestimmt nicht. In der Praxis stellt man den Aufschlag nie auf Null ein.«

»Kann man ihn langsam hochheben?«

»Nein, man kann die Hebegeschwindigkeit nicht einstellen. Sie ist jedoch bei getrennten Schlägen nicht so schnell wie bei wiederholten Schlägen.«

»Gut. Wollen Sie den Hammer jetzt heben? Es wird nicht gerade schön anzusehen sein.«

»Nein, Herr Inspektor. Aber es wird schon gehen.«

»Fertig?« fragte der Inspektor die andern.

»Wenn Sie es jetzt tun wollten, Mr. Browning, bitte!«

Die Augen auf den Rücken meines Bruders geheftet, drückte ich den dicken schwarzen Knopf ganz durch, der den Hammer wieder hochgehen ließ.

Dem langen Pfeifen, das mich immer an einen Riesen denken ließ, der vor einer Anstrengung tief Luft schöpft, folgte das weiche elastische Hochgehen der Stahlmasse. Ich hörte das Sauggeräusch, das beim Abheben entstand, und hatte für einen Augenblick panische Angst, als ich den Körper meines Bruders sich nach vorne bewegen sah, während ein Blutschwall den bräunlichen Brei überströmte, den der Hammer freigegeben hatte.

»Besteht keine Gefahr, daß der Hammer zurückfällt, Mr. Browning?«

»Nein, gar keine!« sagte ich, indem ich den Sicherungsriegel vorschob.

Und während ich mich umwandte, spie ich

das ganze Abendessen wieder aus, einem jungen Polizisten vor die Füße, der das gleiche tat.

Während mehrerer Wochen und hernach noch monatelang erforschte Inspektor Twinker zäh und vergeblich den Tod meines Bruders. Später gestand er mir, daß er mich lange Zeit in Verdacht gehabt hätte, aber er hatte nie auch nur die mindeste Bestätigung seines Verdachtes finden können, nicht das kleinste Indiz, nicht einmal ein Motiv.
Obwohl sie bemerkenswert ruhig war, wurde Anne für wahnsinnig erklärt, und es gab keinen Prozeß.
Meine Schwägerin hatte sich des Mordes an ihrem Manne angeklagt und hatte bewiesen, daß sie den Preßlufthammer tadellos bedienen konnte. Sie hatte sich jedoch geweigert zu sagen, weshalb sie ihren Mann getötet hatte und wie er von allein dazugekommen war, sich unter den Hammer zu legen.
Der Nachtwächter hatte den Hammer deutlich arbeiten hören; er hatte ihn sogar zweimal niedergehen hören. Der Zähler, der nach

jedem Arbeitsgang auf Null zurückgestellt wurde, zeigte tatsächlich an, daß er zweimal gearbeitet hatte. Meine Schwägerin hatte jedoch behauptet, ihn nur einmal bedient zu haben. Inspektor Twinker hatte sich vor allem gefragt, ob das Opfer auch wirklich mein Bruder war, aber verschiedene Narben, darunter diejenige einer Kriegsverletzung am Schenkel, und die Fingerabdrücke der linken Hand ließen keinen Zweifel zu.

Die Autopsie zeigte hernach, daß er vor seinem Tode keinerlei Drogen eingenommen hatte.

Was seine Arbeit betrifft, kamen Fachleute des Luftfahrtministeriums, durchsuchten seine Papiere und nahmen einige Instrumente aus seinem Labor mit. Sie hatten lange Unterredungen mit Inspektor Twinker und sagten ihm, mein Bruder habe alle seine Papiere und die interessantesten Instrumente selber vernichtet.

Die Fachleute des Polizeilaboratoriums erklärten, daß Bobs Kopf im Augenblick seines Todes umwickelt gewesen sei, und Twinker brachte eines Tages ein zerfetztes Stück

Stoff, das ich als die ehemalige Decke eines Tisches in seinem Labor erkannte.

Anne war in die Anstalt von Broadmoore überführt worden, wohin man alle kriminellen Irren zu bringen pflegte. Ihr Sohn Harry, der sechs Jahre alt war, war mir übergeben worden, und es wurde verfügt, daß ich ihn behalten und erziehen sollte.

Ich konnte Anne jeden Samstag besuchen. Zwei- oder dreimal begleitete mich Inspektor Twinker, und ich hörte, daß er sogar allein bei ihr gewesen war. Aber man konnte nie etwas aus meiner Schwägerin herausbringen, sie schien gegen alles gleichgültig geworden zu sein. Sie antwortete sehr selten auf meine Fragen und fast niemals auf die von Twinker. Sie tat ein wenig Näharbeit, aber ihre Lieblingsbeschäftigung schien es zu sein, Fliegen zu fangen, die sie sorgfältig betrachtete, bevor sie sie wieder freiließ.

Sie hatte nur einen wirklichen Anfall – einen Nervenzusammenbruch eher als einen Wahnsinnsanfall – an dem Tage, als sie sah, wie eine Krankenschwester eine Fliege mit einem Taschentuch tötete. Man hatte ihr sogar Morphium geben müssen, um sie zu beruhigen.

Man hatte mehrfach Harry zu ihr geführt. Sie sprach sehr freundlich mit ihm, aber sie zeigte ihm gegenüber nicht die mindeste Zuneigung. Sie interessierte sich für ihn, wie man sich für einen kleinen unbekannten Buben interessiert.

An dem Tage, da Anne den Zusammenbruch wegen der umgebrachten Fliege gehabt hatte, kam Inspektor Twinker mich besuchen.

»Ich bin überzeugt, daß wir hier den Schlüssel zu dem Geheimnis haben.«

»Ich sehe keinerlei Zusammenhang. Die arme Lady Anne hätte sich genausogut für etwas anderes interessieren können. Ihr Wahnsinn konzentriert sich nun einmal auf Fliegen.«

»Glauben Sie, daß sie wirklich wahnsinnig ist?«

»Wie können Sie daran zweifeln, Twinker?«

»Schauen Sie, trotz allem, was die Ärzte

sagen, habe ich den Eindruck, daß Lady Browning völlig klar im Kopf ist, sogar dann, wenn sie eine Fliege sieht.«

»Wenn man dies annimmt, wie soll man sich dann die Haltung gegenüber ihrem Sohn erklären?«

»Dafür gibt es zwei Möglichkeiten; entweder will sie ihn schützen, oder sie fürchtet ihn. Vielleicht verabscheut sie ihn auch.«

»Das verstehe ich nicht.«

»Haben Sie bemerkt, daß sie niemals Fliegen fängt, wenn er da ist?«

»Das stimmt tatsächlich – sehr merkwürdig. Aber ich gestehe, daß ich immer noch nichts begreife.«

»Ich auch nicht, Mr. Browning. Und ich fürchte sehr, wir werden nie etwas erfahren, solange Lady Browning nicht gesund wird.«

»Die Ärzte haben keinerlei Hoffnung, sie zu heilen.«

»Ja, das weiß ich. Ist Ihnen bekannt, ob Ihr Bruder jemals Versuche mit Fliegen gemacht hat?«

»Ich glaube nicht. Haben Sie diese Frage den

Fachleuten vom Luftfahrtministerium gestellt?«
»Ja. Sie haben mir ins Gesicht gelacht.«
»Das kann ich mir denken.«

»Sag mal, Onkel Arthur, leben Fliegen lange?«
Wir saßen beim Frühstück, und mein Neffe unterbrach mit seiner Frage ein langes Schweigen. Ich schaute über meine »*Times*«, die ich gegen die Teekanne gelehnt hatte, zu ihm hin. Wie die meisten Kinder seines Alters hatte Harry die Sucht, fast möchte ich sagen die Begabung, Fragen zu stellen, auf die Erwachsene nie genaue Antworten geben können. Harry stellte mir viele solcher Fragen, immer in dem Augenblick, da ich sie am wenigsten erwartete, und wenn ich zuweilen das Pech hatte, eine seiner Fragen richtig beantworten zu können, folgte ihr sofort eine nächste, dann wieder eine und noch eine, bis zu dem Augenblick, wo ich mich geschlagen geben und erklären mußte, daß ich es nicht wüßte. Dann sagte er wie ein großer Tennisspieler, der seinen Ball über das Netz schmet-

tert: »Warum weißt du es nicht, Onkel?«
Dies war jedoch das erste Mal, daß er mit mir von Fliegen sprach, und ich schauderte bei dem Gedanken, daß Inspektor Twinker hier gewesen sein könnte. Ich stellte mir genau den Blick vor, den er mir dabei zugeworfen hätte, und sagte nicht ohne ein gewisses Unbehagen die Worte vor mich hin, die er bestimmt ausgesprochen haben würde.
»Ich weiß es einfach nicht, Harry. Weshalb fragst du mich das?«
»Weil ich die Fliege gesehen habe, die Mama suchte.«
»Deine Mutter suchte eine Fliege?«
»Ja, sie ist größer geworden, aber ich hab sie genau wiedererkannt.«
»Wo hast du diese Fliege gesehen, und was ist denn Besonderes an ihr?«
»Auf deinem Schreibtisch, Onkel Arthur. Sie hat einen weißen Kopf statt eines schwarzen Kopfes, und so ein komisches Bein.«
»Wann hast du diese Fliege das erste Mal gesehen, Harry?«
»An dem Tage, als Papa abreiste. Sie war in seinem Zimmer, und ich hatte sie gefangen,

doch Mama kam und sagte, ich müsse sie freilassen. Aber nachher wollte sie, daß ich sie wiederfinde. Ich glaube, sie hatte sich anders besonnen und wollte sie sehen.«

»Ich denke, die muß doch schon lange tot sein«, sagte ich, während ich mich erhob, um langsam zur Tür hinauszugehen.

Aber sobald ich sie hinter mir geschlossen hatte, war ich mit einem Satz bei meinem Schreibtisch, wo ich vergeblich nach der Spur einer Fliege suchte.

Die Äußerungen meines Neffen und die Sicherheit, mit der Inspektor Twinker behauptete, daß die Fliegen mit dem Tode meines Bruders in einem Zusammenhang stünden, hatten mich zutiefst verwirrt.

Zum ersten Male fragte ich mich, ob er nicht mehr wüßte, als er vermuten ließ. Und ebenfalls zum ersten Male fragte ich mich, ob meine Schwägerin wirklich wahnsinnig sei. Ein unerklärliches Wahnsinnsdrama, so unerklärlich und gräßlich es sein mochte, war wenigstens denkbar – der Gedanke aber, daß meine Schwägerin in vollem Besitz ihrer Geisteskräfte meinen Bruder auf eine so furchtbare Art hatte umbringen können – mit oder ohne seine Zustimmung –, ließ mir den kalten Schweiß ausbrechen. Was konnte bloß der schreckliche Grund zu diesem ungeheuerlichen Verbrechen sein? Wie hatte es sich tatsächlich abgespielt?

Ich überdachte noch einmal alle Antworten Annes auf die Fragen von Inspektor Twinker. Er hatte ihr Hunderte von Fragen gestellt. Anne hatte in völliger Klarheit auf alle Fragen geantwortet, die sich auf ihr Zusammenleben mit meinem Bruder bezogen – ein glückliches Zusammenleben, ohne irgendwelche Komplikationen, schien es.

Als feinfühliger Psychologe war Twinker sehr erfahren und hatte die Gewohnheit, Lügen geradezu zu riechen, sie zu ahnen. Wie ich selber, war er sicher gewesen, daß Anne auf Fragen, die sie beantworten wollte, ehrlich geantwortet hatte. Aber es gab eine Reihe von Fragen, auf welche sie keine Antwort gegeben und welche sie immer mit den gleichen Worten abgewiesen hatte.

»Ich kann diese Frage nicht beantworten«, sagte sie einfach und stets vollkommen ruhig.

Die Wiederholung der gleichen Frage schien ihr niemals lästig zu sein. Nicht ein einziges Mal im Verlauf zahlreicher Befragungen hatte sie dem Inspektor gegenüber bemerkt, daß er ihr eine Frage bereits einmal gestellt hatte. Sie begnügte sich damit, zu erklären: »Ich kann diese Frage nicht beantworten.«

Diese Formel war zur großen Mauer geworden, die zu durchbrechen Twinker nicht gelungen war. Er konnte sich lange Mühe geben, das Thema zu wechseln, Fragen zu stellen, die mit dem Drama in keinerlei Zusammenhang standen – ohne jemals nervös zu werden, hatte Anne stets ruhig und höflich geantwortet. Aber sobald eine Frage auch nur von ungefähr das furchtbare Ereignis streifte, stieß er auf die Mauer dieses: »Ich kann diese Frage nicht beantworten.«

Zweifellos in der Absicht, daß niemand außer ihr in Verdacht käme, hatte Anne selbst den Nachweis erbracht, wie sie den Preßlufthammer betätigt hatte. Sie hatte uns bewiesen, daß sie ihn sehr wohl in Betrieb setzen, seine Stärke und die beabsichtigte Schlaghöhe einstellen konnte, und als der Inspektor bemerkte, daß dies alles nicht als Beweis dafür ausreiche, daß *sie* es war, die ihren Mann getötet hatte, hatte sie uns genau erklärt, wo sie ihre linke Hand aufgestützt hatte, nämlich gegen einen Pfosten am Schalttisch, während sie die Knöpfe mit der rechten Hand bediente.

»Ihre Fachleute müssen dort meine Fingerabdrücke finden«, hatte sie einfach hinzugefügt. Und ihre Abdrücke wurden tatsächlich an der bezeichneten Stelle gefunden.

Twinker hatte unter ihren Antworten keine einzige Lüge entdecken können. Anne behauptete, daß sie den Hammer nur ein einziges Mal betätigt habe, während der Wächter erklärt hatte, ihn zweimal gehört zu haben, und der Zähler, der am Tagesende auf Null gestellt worden war, zeigte nach dem Unglück »2« an.

Twinker hatte einen Augenblick gehofft, die Sperre ihres Schweigens auf Grund dieses ihres Irrtums brechen zu können. Aber mit der größten Ruhe der Welt hatte Anne eines schönen Tages dieses Loch in der von ihr errichteten Mauer gestopft und erklärt:

»Ja, ich habe gelogen, ich weiß nicht, weshalb ich gelogen habe.«

»Und dies ist Ihre einzige Lüge?« hatte Twinker sofort weitergefragt, wobei er glaubte, sie unsicher zu machen.

Aber anstatt mit ihrer üblichen Formel hatte Anne geantwortet: »Ja, es ist meine einzige Lüge.« Und Twinker war sich bewußt, daß Anne den einzigen Riß in ihrer Verteidigungsmauer auf sehr geschickte Art geschlossen hatte.

Ich empfand ein zunehmendes Entsetzen vor meiner Schwägerin. Wenn sie nicht wahnsinnig war, so simulierte sie den Wahnsinn, um einer Strafe zu entgehen, die sie hundertfach verdient hatte. Twinker hatte recht, die Fliegen hatten etwas mit dem Unglück zu tun – zumindest dies, daß sie als Vorwand zu dem simulierten Wahnsinn dienten. Wenn sie aber wirklich wahnsinnig war, mußte Twinker doch wieder recht haben, denn die Fliegen mußten der Schlüssel sein, der vielleicht einem Psychiater gestatten würde, die anfängliche Ursache, die zu der Tat geführt hatte, zu entdecken.

Da ich mir sagte, daß Twinker diese Dinge sicher besser als ich entwirren könne, hatte ich einen Augenblick daran gedacht, ihm alles zu erzählen. Aber der Gedanke, daß er nicht zögern würde, sich auf Harry zu stürzen, um ihn mit Fragen zu quälen, hatte mich zurückgehalten. Und noch ein weiterer Grund hielt mich zurück, ein Grund, über den ich mir vorher nie klargeworden war: ich hatte Angst, daß er die Fliege suchen und finden könnte, von welcher der Junge gesprochen hatte. Aber dieser letztere Gedanke ärgerte mich, denn ich konnte nicht begreifen, warum ich Angst hatte, daß man die Fliege fände. Ich dachte an alle die Kriminalromane, die ich zu verschiedenen Zeiten meines Lebens gelesen hatte. Selbst in ihren verwickeltsten Geheimnissen sind diese – trotz allem – logisch. Hier jedoch gab es keine Logik, nichts, das zueinander gepaßt hätte. Alles war von bemerkenswerter Einfachheit, und doch war alles Geheimnis. Es gab keinen Schuldigen zu entlarven; Anne hatte ihren Mann getötet, sie hatte es niemals verhohlen und sogar bewiesen, wie sie ihn getötet hatte.

Natürlich kann man nicht hoffen, in einer Wahnsinnstat Logik zu entdecken, aber wenn man annahm, daß es sich um eine Wahnsinnstat handelte, wie konnte dann die so außerordentlich passive Haltung des Opfers erklärt werden?

Mein Bruder war ein Gelehrter, der sich nur auf die Vernunft stützte und die Intuition verabscheute. Manche Gelehrte arbeiten Theorien aus, die sie hinterher durch Beweise zu belegen bemüht sind; sie stürzen sich ins Unbekannte, auf die Gefahr hin, eine vorgeschobene Position für eine andere aufgeben zu müssen, wenn die zusammengetragenen Versuche hernach nicht darauf hinauslaufen, die gewählte Position zu festigen. Mein Bruder dagegen war genau der Typ des mißtrauischen Gelehrten, der immer von feststehenden, durch und durch bewiesenen Tatsachen ausgeht. Er war in seinen Forschungen gedanklich einem zu führenden Beweis, einem Versuch selten voraus.

Er hatte nichts von dem zerstreuten Gelehrten an sich, der sich vom Regen durchnässen läßt, während er doch einen zusammengerollten Schirm bei sich trägt; er war im Gegenteil sehr menschlich, liebte Kinder und Tiere und zögerte nie, seine Arbeiten warten zu lassen, um mit den Kindern der Nachbarschaft in den Zirkus zu gehen. Er liebte die Spiele, welche Logik und Präzision erfordern, wie Billard, Tennis, Bridge und Schach.

Wie war dann sein Tod zu erklären? Wie und warum sollte er dazu gekommen sein, sich unter den Preßlufthammer zu legen? Es war ausgeschlossen, daß es sich um eine stupide Wette gehandelt haben sollte, um eine Herausforderung seines Mutes. Er ging niemals Wetten ein und zeigte sich immer unwillig gegenüber Leuten, die wetteten. Auf die Gefahr hin, sie zu ärgern, pflegte er zu bemerken, daß eine Wette stets eine Angelegenheit zwischen einem Dummkopf und einem Dieb sei.

Es gab nur zwei mögliche Erklärungen: Entweder war *er* verrückt geworden, oder er hatte einen Grund gehabt, sich von seiner Frau auf solch merkwürdige Weise töten zu lassen.

Nachdem ich lange überlegt hatte, beschloß ich, Inspektor Twinker nichts über mein Gespräch mit Harry zu berichten, sondern selbst zu versuchen, Anne erneut zu befragen.

Es war Samstag, Besuchstag, und da meine Schwägerin eine sehr ruhige Kranke war, hatte man mir seit einiger Zeit erlaubt, mit ihr einen Rundgang durch den großen Garten zu machen, wo man ihr einen kleinen Fleck zugewiesen hatte, den sie nach eigenem Geschmack pflegen durfte. Sie hatte hier die Rosenstöcke eingepflanzt, die ich ihr aus meinem Garten zugeschickt hatte.

Sie erwartete meinen Besuch offenbar schon, denn sie kam sehr schnell zum Sprechzimmer. Es war kühl draußen, und sie hatte – unseren üblichen Spaziergang voraussehend – einen Mantel angezogen.

Sie fragte mich nach Neuigkeiten über ihren Sohn, dann führte sie mich ganz dicht an ihr kleines Stück Land, wo sie mich aufforderte, mich neben sie auf eine Bank aus rohem Holz zu setzen, die in der Tischlerei der Anstalt von einem der Kranken, der gern bastelte, gezimmert worden war.

Ich zeichnete mit der Spitze meines Regenschirms Muster in den Sand des Weges und suchte nach Worten, um die Unterhaltung auf den Tod meines Bruders zu bringen. Aber sie war es, die als erste sprach.
»Arthur, ich möchte dich gern etwas fragen.«
»Ja bitte, Anne.«
»Weißt du, ob Fliegen lange leben?«
Ich sah sie bestürzt an und war bereits im Begriff, ihr zu sagen, daß ihr Sohn mir kürzlich die gleiche Frage gestellt habe, als mir bewußt wurde, daß es in dem Moment möglich sei, einen entscheidenden Schlag gegen ihre bewußte oder unbewußte Verteidigung zu führen. Sie schien meine Antwort ruhig abzuwarten, vermutlich dachte sie, ich versuchte, mir aus der Schule stammende Kenntnisse über die Lebensdauer der Fliegen ins Gedächtnis zurückzurufen.
Ohne sie aus den Augen zu lassen, antwortete ich:
»Ich weiß es nicht genau, Anne, aber die Fliege, die du suchst, war heute morgen in meinem Büro.«

Der Schlag hatte gesessen. Sie wandte mir mit einem Ruck den Kopf zu. Sie öffnete den Mund, als wolle sie zu schreien beginnen, aber sie schwieg – nur ihre Augen weiteten sich vor Entsetzen.

Es gelang mir, ein unbewegtes Gesicht zu bewahren; ich spürte, daß ich endlich im Vorteil war und daß ich diesen nicht anders halten konnte als hinter der Maske des Wissenden, der weder Groll noch Mitleid kennt und der sich nicht einmal ein Urteil erlaubt.

Sie schöpfte tief Atem und verbarg schließlich ihr Gesicht in den Händen:

»Arthur, hast du sie getötet?« fragte sie leise.

»Nein.«

»Du hast sie aber!« schrie sie, indem sie den Kopf hob. »Du hast sie bei dir! Gib sie mir!«

Und ich spürte, daß sie beinahe meine Tasche durchwühlt hätte.

»Nein, Anne, ich hab sie nicht bei mir.«

»Aber du weißt alles! Du hast es herausbekommen!«

»Nein, Anne, ich weiß nichts, außer daß du nicht wahnsinnig bist. Aber ich werde auf

irgendeine Weise alles erfahren. Entweder sagst du es mir, und ich entscheide hinterher, was weiter geschehen soll, oder...«
»Oder was, sag es!«
»Ich bin ja schon dabei, Anne...! Oder ich schwöre dir, daß Inspektor Twinker binnen 24 Stunden diese Fliege in Händen hat.«
Meine Schwägerin blieb lange Zeit unbeweglich sitzen und betrachtete starr ihre langen weißen Hände, die sie auf ihren Knien ausgestreckt hielt. Ohne die Augen zu erheben, sagte sie schließlich:
»Wenn ich dir alles sage, schwörst du, diese Fliege zu zerstören, bevor du irgend etwas unternimmst?«
»Nein, Anne! Ich kann dir nichts versprechen, bevor ich alles weiß.«
»Arthur, versteh doch... Ich habe Bob versprochen, daß diese Fliege zerstört wird... Dieses Versprechen muß gehalten werden. Wenn du es nicht halten willst, kann ich dir nichts sagen.«
Ich fühlte, wie unser Gespräch ins Stocken geriet: Anne bekam sich wieder in die Hand. Es mußte sofort ein neues Argument gefun-

den werden, eines, das sie aus ihren letzten Verschanzungen trieb, das sie endlich kapitulieren ließ.

Da mir nichts Besseres einfiel, sagte ich auf gut Glück: »Anne, du mußt dir darüber klar sein, daß, sobald die Fliege in den Laboratorien der Polizei untersucht worden ist, sie dort den Beweis haben, daß du nicht wahnsinnig bist, und dann ...«

»Arthur, nein! Das darf nicht sein, wegen Harry, das darf nicht sein ... Sieh, ich wartete auf diese Fliege; ich dachte, daß sie mich schließlich finden würde. Wahrscheinlich konnte sie das nicht, und so ist sie zu dir gekommen.«

Ich betrachtete meine Schwägerin aufmerksam und fragte mich, ob sie noch immer Wahnsinn simuliere oder ob sie am Ende wirklich wahnsinnig sei. Indessen – wahnsinnig oder nicht – ich hatte deutlich den Eindruck, daß es mir nahezu gelungen war, sie zur Kapitulation zu bringen. Nun blieb nur noch der letzte Widerstand zu brechen, und da sie offenbar Angst hatte um ihren Sohn, sagte ich:

»Erzähl mir alles, Anne, auf diese Weise kann ich Harry besser schützen.«

»Gegen was willst du meinen Sohn denn schützen? Verstehst du nicht, daß ich nur hier bin, um zu vermeiden, daß Harry der Sohn einer zum Tode Verurteilten ist – einer, die aufgehängt wurde wegen Mordes an seinem Vater? Glaube mir, ich wäre hundertmal lieber tot, als hier im Irrenhaus lebendig begraben zu sein!«

»Anne, ich möchte genauso gerne wie du, daß der Sohn meines Bruders geschont wird. Ich verspreche dir, daß, wenn du mir alles sagst, ich das Unmögliche möglich machen werde, um Harry zu schützen. Wenn du dich aber weigerst zu sprechen, wird Inspektor Twinker die Fliege bekommen. Ich werde danach trachten, Harry trotzdem zu schützen, aber du mußt verstehen, daß ich dann nicht mehr Herr der Situation bin.«

»Weshalb aber mußt du alles wissen?« fragte sie und warf mir einen merkwürdig haßerfüllten Blick zu.

»Anne, das Schicksal deines Sohnes liegt in deiner Hand, wie entscheidest du dich jetzt?«

»Laß uns hineingehen! Ich will dir die Geschichte vom Tode meines lieben Bob geben.«

»Du hast sie aufgeschrieben?!«

»Ja, das habe ich. Nicht für dich, sondern für deinen verdammten Inspektor. Ich habe vorausgesehen, daß er früher oder später an die Wahrheit herankommen würde.«

»Dann dürfte ich sie ihm zeigen?«

»Tu, was dir recht erscheint, Arthur!«

Anne ließ mich einen Augenblick warten, so lange, wie sie brauchte, um in ihr Zimmer hinaufzugehen. Sie kam fast sofort zurück und hielt einen dicken gelben Umschlag in der Hand, den sie mir mit den Worten aushändigte:

»Sieh zu, daß du allein bist und daß du nicht gestört wirst, wenn du den Bericht liest!«

»Abgemacht, Anne, ich will ihn lesen, sobald ich heimkomme. Morgen werde ich dich wieder besuchen.«

»Gut, wie du willst.«

Sie verließ das Sprechzimmer, ohne meinen Gruß zu erwidern.

Erst als ich heimkam, sah ich die Aufschrift

auf dem Umschlag: *Für denjenigen, den es angeht. Vermutlich für Inspektor Twinker.*

Nachdem ich Anweisung gegeben hatte, daß ich nicht gestört werden wolle und nicht zu Abend essen würde, und darum gebeten hatte, mir einfach ein wenig Tee und einige Kekse zu bringen, stieg ich rasch in mein Büro hinauf.

Ich hatte Wände, Decke, Tapeten und Möbel genau untersucht – ich fand nicht die kleinste Spur einer Fliege. Dann, als das Mädchen, das mir meinen Tee brachte, Kohlen nachgelegt hatte, schloß ich die Fenster und zog die doppelten Vorhänge zu. Als sie endlich das Zimmer verlassen hatte, schob ich den Riegel vor die Tür, und, nachdem ich den Telefonhörer abgehängt hatte – ich hängte ihn seit dem Tode meines Bruders nachts immer ab –, löschte ich alle Lichter außer der Lampe auf meinem Schreibtisch, vor dem ich mich niederließ und den großen gelben Umschlag öffnete.

Ich goß mir eine Tasse Tee ein und las auf dem ersten Blatt: »Dies ist keine Beichte, denn obwohl ich meinen Mann tötete, was ich nie verschwiegen habe, bin ich keine Verbrecherin. Ich habe nur seinen letzten Willen befolgt, indem ich ihm den Kopf und den rechten Unterarm in der Fabrik seines Bruders unter dem Preßlufthammer zerschmetterte.«

Ohne auch nur einen Schluck von dem Tee zu nehmen, wandte ich das Blatt um. »Von einem bestimmten Zeitpunkt vor seinem Verschwinden an hatte mein Mann mich in einige seiner Experimente eingeweiht. Er wußte, daß das Ministerium ihm diese als allzu gefährlich verboten hätte; deshalb wollte er erst positive Ergebnisse haben, bevor er das Ministerium von den Versuchen in Kenntnis setzte.

Während es bis dahin nur gelungen war, mit Hilfe des Radios und des Fernsehens Töne und Bilder durch den Raum zu übertragen, behauptete Bob, das Mittel gefunden zu haben, auch Materie zu übertragen. Materie, d. h. ein fester Körper, der in einen Sendeapparat gebracht wird, sollte augenblicklich zerfallen und sich sogleich in einem Empfangsapparat wieder zusammensetzen.

Bob betrachtete seine Entdeckung als die wichtigste seit der Erfindung des Rades. Er war der Überzeugung, daß die Übertragung von Materie durch Zerfall und sofortiges Wiederzusammensetzen für die Entwicklung der Menschheit eine beispiellose Revolution darstellte. Sie würde das Ende allen Transports bedeuten, nicht nur von Waren und verderblichen Verbrauchsgütern, sondern auch von Personen. Er, der Praktiker, der niemals träumte, sah bereits den Augenblick voraus, da es keine Flugzeuge, keine Züge und Autos mehr geben würde, keine Straßen oder Schienenwege. Die Transportmittel würden ersetzt werden durch Sende- und Empfangsstationen an allen Enden der Welt. Reisende oder Güter, die zu befördern wären, brauchten nur noch zu einer Sendestation gebracht, aufgelöst und fast unmittelbar hernach im Empfänger wieder zusammengesetzt zu werden.

Mein Mann hatte mit seinen Versuchen anfangs einige Schwierigkeiten. Sein Empfänger war von dem Sender nur durch eine Mauer getrennt. Sein erster erfolgreicher Versuch wurde mit einem Aschenbecher durchgeführt, den wir einmal als Souvenir von einer Reise nach Frankreich mitgebracht hatten.

Er hatte mich über seine Versuche noch nicht unterrichtet, und ich verstand zunächst gar nicht, wovon er sprach, als er mir den Aschenbecher triumphierend brachte und sagte:

›Anne, schau, dieser Aschenbecher ist völlig aufgelöst worden, innerhalb einer Zehntausendstelsekunde. Einen Moment lang existierte er nicht mehr. Er war fort, war nicht mehr da, völlig verschwunden. Nur die Atome bewegten sich mit Lichtgeschwindigkeit zwischen den beiden Apparaten. Und einen Augenblick später haben sie sich wieder zusammengefunden und bildeten erneut den Aschenbecher.‹

›Bob, ich bitte dich... Wovon sprichst du denn da? Erkläre es mir doch!‹

Damals eröffnete er mir zum ersten Male Einzelheiten seiner Forschungen, und als ich ihn nicht verstand, machte er kleine Skizzen mit Zahlen; aber ich begriff immer noch nicht.

›Sei mir nicht böse, Anne‹, sagte er gutmütig lachend, als er merkte, daß ich immer weniger verstand. ›Erinnerst du dich, daß ich einmal einen Artikel gelesen habe über die geheimnisvollen fliegenden Steine, die mit Wucht in manche Häuser in Indien eindringen, während Fenster und Türen verschlossen sind?‹

›Ja, ich erinnere mich sehr gut daran. Professor Downing, der übers Wochenende zu uns gekommen war, sagte, wenn nicht irgendein Schwindel dabei sei, so ließe sich das Phänomen nur dadurch erklären, daß die von außen geworfenen Steine sich außerhalb des Hauses desintegrieren und im Hause reintegrieren, bevor sie niederfallen.‹

›Genau das meine ich! Der Professor fügte auch noch hinzu: Wenn das Phänomen nicht sogar dadurch hervorgerufen wird, daß sich die Mauer für einen Augenblick an der Stelle desintegriert, wo die Steine hindurchkommen.‹

›Nun ja, das ist alles sehr schön, aber ich verstehe immer noch nichts. Wie können die Steine denn, selbst wenn sie desintegriert sind, in aller Ruhe durch eine Mauer oder eine Tür dringen?‹

›Doch, Anne, das ist möglich, denn die Atome, welche die Materie bilden, berühren sich nicht, sie sind voneinander durch riesige Zwischenräume getrennt.‹

›Wie kann es riesige Zwischenräume geben, wie du sagst, zwischen den Atomen, die eine Tür bilden?‹

›Mißversteh mich nicht, die Räume zwischen den Atomen sind *verhältnismäßig* riesig; sie sind riesig im Vergleich zu dem Umfang der Atome. So würdest zum Beispiel du, mit deinen hundert Pfund und kaum einem Meter sechzig Größe – wenn all die Atome, die deinen Körper bilden, plötzlich aufeinandergeschichtet wären, ohne daß zwischen ihnen Raum bliebe – zwar immer noch hundert Pfund wiegen, aber eine ganz kleine Kugel bilden, die leicht in einen Stecknadelkopf paßte.‹

›Wenn ich dich recht verstanden habe, so behauptest du also, den Aschenbecher auf den Umfang eines Stecknadelkopfes verringert zu haben?‹

›Nein, Anne. Zunächst würde dieser Aschenbecher, der kaum zweihundert Gramm wiegt, nur eine Masse bilden, die im Mikroskop gerade noch sichtbar wäre, wenn die Atome, aus denen er zusammengesetzt ist, plötzlich aufeinandergeschichtet wären. Und außerdem ist das alles doch nur ein Bild. Trotzdem kann dieser Aschenbecher, wenn er erst einmal desintegriert ist, jeden undurchsichtigen und festen Körper durchdringen, dich zum Beispiel, ohne alle Schwierigkeit, denn seine getrennten Atome können durch die Masse deiner durch Zwischenräume voneinander entfernten Atome ohne alle Schwierigkeit hindurchdringen.‹

›So hast du also diesen Aschenbecher zersetzt, um ihn ein wenig später wieder zusammenzusetzen, nachdem du ihn hast durch einen anderen Körper hindurchgehen lassen?‹

›Sehr richtig, Anne, durch die Mauer, die meinen Sendeapparat von meinem Empfänger trennt.‹

›Und darf man erfahren, welchen Nutzen es

haben soll, Aschenbecher durch den Raum zu schicken?‹

Bob reagierte auf die Frage mit einer ungeduldigen Bewegung. Als er sich klarwurde, daß ich mich ein klein wenig über ihn lustig machte, erläuterte er mir einige der Möglichkeiten seiner Entdeckung.

›Nun – ich hoffe nur, Bob, daß du mich nicht eines Tages auf diese Weise beförderst. Ich hätte zuviel Angst, am anderen Ende wieder herauszukommen wie dieser Aschenbecher.‹

›Was willst du damit sagen, Anne?‹

›Weißt du nicht mehr, was auf dem Aschenbecher stand?‹

›Doch, natürlich. Es stand darauf: *Made in France*, das steht auch sicher jetzt noch dort.‹

›Tatsächlich, hier, aber schau doch, Bob!‹

Er nahm mir den Aschenbecher aus den Händen und lächelte, aber er wurde bleich, und sein Lächeln erstarrte, als er sah, was ich bemerkt hatte, und das bewies mir, daß ihm tatsächlich ein sehr seltsamer Versuch gelungen war.

Die drei Wörter erschienen noch immer, aber umgekehrt, und man konnte jetzt lesen: *ecnarF ni edaM.*

›Das ist unerhört‹, flüsterte er, und ohne seinen Tee auszutrinken, stürzte er in sein Labor, aus dem er erst am folgenden Morgen nach einer durcharbeiteten Nacht wieder auftauchte.

Ein paar Tage später hatte Bob einen neuen Rückschlag, der ihn für einige Wochen in sehr schlechte Laune versetzte. Von Problemen bedrängt, gestand er mir schließlich, daß sein erster Versuch mit einem lebenden Wesen ein völliger Fehlschlag gewesen sei.

›Bob, du hast diesen Versuch mit Dandelo gemacht, nicht wahr?‹

›Ja‹, gab er beschämt zu. ›Dandelo hat sich tadellos desintegriert, aber sie hat sich im Empfänger niemals reintegriert.‹

›Und jetzt?‹

›Jetzt? Jetzt gibt es Dandelo nicht mehr. Es gibt jetzt nur noch Dandelos zerstreute Atome, die Gott weiß wo im All herumschwirren.‹

Dandelo war eine kleine weiße Katze, die unsere Köchin eines Tages im Garten gefunden hatte. Eines Morgens war sie verschwunden gewesen, niemand wußte wohin. Ich jedenfalls wußte jetzt, wie sie verschwunden war.

Nach einer Reihe neuer Versuche und durchwachter Nächte verkündete Bob mir eines Tages, sein Apparat arbeite jetzt tadellos, und er lud mich ein, ihn zu besichtigen.

Ich ließ ein Tablett mit Champagner und zwei Gläsern herrichten, um seinen Erfolg würdig feiern zu können, denn ich wußte, wenn er mich einlud, seine Erfindung zu besichtigen, so war sie tatsächlich soweit.

›Prächtige Idee!‹ erklärte er und nahm das Tablett aus meinen Händen. ›Wir werden das Gelingen mit reintegriertem Champagner feiern.‹

›Hoffentlich kommt er genauso gut wieder heraus, wie er vor seiner Desintegration war, Bob!‹

›Da brauchst du keine Angst zu haben, Anne. Du wirst selbst sehen.‹

Er öffnete die Tür einer Kabine, die nichts anderes war als eine alte Telefonkabine, die er umgebaut hatte. ›Das ist der Apparat zur Desintegration und Übertragung‹, erklärte er und setzte das Tablett auf einen Schemel im Innern der Kabine.

Er schloß die Tür, dann gab er mir eine Sonnenbrille und placierte mich vor die Glastür der Kabine.

Nachdem er selbst eine schwarze Brille aufgesetzt hatte, betätigte er verschiedene Knöpfe, die sich außen an der Kabine befanden, und ich hörte das sanfte Dröhnen eines Elektromotors.

›Bereit?‹ fragte er, während er die Lampe in der Kabine löschte und einen anderen Schalter betätigte, der den Apparat in ein bläuliches Licht tauchte. ›Jetzt paß gut auf!‹

Er drückte einen Hebel nieder, und das ganze Labor wurde strahlend hell erleuchtet von einem unerträglich hellen orangefarbenen Blitz.

Im Innern der Kabine hatte ich etwas wie eine Feuerkugel gesehen, die einen Augenblick knisterte. Ich hatte die Hitze einen Augenblick später auf meinem Gesicht und Hals gespürt und sah dann nichts mehr als schwarze, grünumrandete Löcher, so als ob ich einen Augenblick in die Sonne geschaut hätte.

›Du kannst deine Brille absetzen, Anne. Es ist vorbei.‹

Mit einer etwas theatralischen Geste öffnete mein Mann die Tür zu der Kabine, und obwohl ich es erwartet hatte, verschlug es mir doch den Atem, als ich sah, daß der Schemel, das Tablett, die Gläsler und die Champagnerflasche verschwunden waren.

Bob forderte mich mit viel Zeremoniell auf, in den benachbarten Raum zu gehen, wo sich eine in allen Einzelheiten gleiche Kabine befand, aus der er triumphierend das Tablett mit dem Champagner herausnahm, den er sofort entkorkte. Der Pfropfen sprang fröhlich, und der Champagner perlte in den Gläsern.

›Bist du auch sicher, daß es nicht gefährlich ist, ihn zu trinken?‹

›Ganz sicher‹, erklärte er, indem er mir ein Glas reichte.

›Und jetzt wollen wir einen neuen Versuch machen. Willst du ihm beiwohnen? Gehen

wir in den Raum, wo der Desintegrationsapparat steht.‹
›O Bob, denk an die arme Dandelo!‹
›Es ist nur ein Meerschweinchen diesmal, Anne. Aber ich bin sicher, daß es unversehrt durchkommen wird.‹
Er setzte das kleine Tier auf den Metallboden der Kabine, dann ließ er mich wieder die schwarze Brille aufsetzen. Ich hörte das Dröhnen des Motors, sah den blendenden Blitz, stürzte aber diesmal, ohne zu warten, in den benachbarten Raum. Durch die Glastür der Empfängerkabine sah ich das Meerschweinchen, wie es hin- und herlief.
›Bob, Liebling, tatsächlich! Es ist gelungen!‹
›Geduld, Anne! Das wissen wir erst nach einiger Zeit.‹
›Aber es geht ihm gut, und es ist so lebendig wie vorher.‹
›Schon, aber man muß erst wissen, ob all seine Organe intakt sind, und das können wir erst nach einiger Zeit feststellen. Wenn es in einem Monat auch noch gesund ist, können wir weitere Versuche unternehmen.‹

Dieser Monat schien mir lang wie ein Jahrhundert. Jeden Tag ging ich nach dem Meerschweinchen schauen. Es schien ihm wunderbar zu gehen.

Am Ende dieses Monats tat Bob Pickles, unsern Hund, in die Kabine. Er hatte mir nichts vorher gesagt, denn ich hätte in einen derartigen Versuch mit Pickles niemals eingewilligt. Der Hund fand aber sichtlich Gefallen daran. Während eines einzigen Nachmittags wurde er ein dutzendmal des- und reintegriert, und sobald er aus der Empfängerkabine herauskam, sprang er kläffend vor den Sender, um das gleiche noch einmal zu erleben.

Ich erwartete, daß Bob einige Gelehrte und Spezialisten des Ministeriums zusammenrufen würde, wie er es immer machte, wenn er eine Arbeit beendet hatte, um ihnen das Resultat bekanntzugeben und ihnen einige praktische Vorführungen zu machen. Nach einigen Tagen erwähnte ich es ihm gegenüber.

›Nein, Anne, diese Entdeckung ist zu wichtig, als daß man sie bereits bekanntgeben könnte! Es gibt noch einige Vorgänge, die ich bis jetzt selber nicht verstehe. Ich habe noch viel Arbeit und zahlreiche Versuche vor mir.‹

Er erzählte mir einige Male, nicht immer, von seinen verschiedenen Versuchen. Nie war mir der Gedanke gekommen, er könnte den ersten Versuch mit dem Menschen an seiner eigenen Person durchführen, und erst nach der Katastrophe habe ich erfahren, daß er ein zweites Schaltbrett in der Sendekabine eingebaut hatte.

An dem Morgen, als Bob seinen entsetzlichen Versuch durchführte, kam er nicht zum Frühstück. An die Tür seines Labors fand ich die Worte hingekritzelt:

Bitte auf keinen Fall stören. Ich arbeite. Bitte auf keinen Fall stören ... diesen Wunsch äußerte er manchmal, und ich hatte nicht weiter darauf geachtet, wie riesengroß diesmal die an die Tür geheftete Aufschrift war. Ein bißchen später, beim Mittagessen, kam Harry gesprungen und sagte mir, er habe eine Fliege mit weißem Kopf gefangen, und ohne sie sehen zu wollen, ersuchte ich ihn, sie sofort freizulassen. Wie Bob ließ auch ich niemals zu, daß einem Tier irgendein Leid geschehe. Ich wußte, daß Harry diese Fliege nur gefangen hatte, weil sie seltsam aussah, aber ich wußte auch, daß sein Vater sogar dies mißbilligt hätte.

Zur Teestunde war Bob noch nicht aus seinem Labor gekommen, und die Aufschrift befand sich immer noch an der Tür. Zum Abendessen erschien er auch nicht; ich klopfte ein wenig beunruhigt an die Tür und rief ihn.

Ich hörte, wie er sich in dem Raum bewegte, und einen Augenblick später ließ er einen Zettel unter der Tür hindurchgleiten.

Ich entfaltete den Zettel und las:

Ich habe Schwierigkeiten, Anne, bring den Kleinen ins Bett und komm in einer Stunde wieder! B.

Ich konnte klopfen und rufen, Bob antwortete nicht. Nach einer Weile hörte ich, daß er auf seiner Schreibmaschine tippte, und ein wenig beruhigt durch das vertraute Geräusch ging ich zum Haus zurück.

Nachdem ich Harry zu Bett gebracht hatte, kehrte ich zurück zum Labor und fand ein weiteres Blatt unter der Tür durchgeschoben. Diesmal las ich mit Entsetzen:

Anne,
ich verlasse mich auf deinen klaren Verstand, daß du nicht erschrickst; denn nur du kannst mir helfen. Mir ist eine ernstliche Panne passiert. Mein Leben ist im Moment nicht in Gefahr, aber es ist trotzdem eine Frage auf Leben und Tod. Ich kann nicht sprechen: es ist also zwecklos, zu rufen oder mir durch die Tür hindurch Fragen zu stellen. Du mußt jetzt ganz genau tun, was ich dir auftrage. Wenn du dreimal angeklopft hast, um mir deine Zustimmung anzuzeigen, lauf und bring mir eine Schale Milch, in die du ein großes Glas Rum schüttest. Ich habe seit gestern abend weder gegessen noch getrunken und habe eine Verpflegung dringend nötig. Ich verlasse mich auf dich. B.

Mit zitterndem Herzen klopfte ich dreimal an die Tür, wie er es verlangt hatte, und stürzte zurück ins Haus, um ihm zu bringen, worum er mich bat.

Als ich ins Labor zurückkehrte, fand ich wieder einen Zettel unter die Tür geschoben:

Anne, befolge genau meine Anweisungen: Sobald du klopfst, werde ich die Tür öffnen. Stelle die Schale mit Milch auf meinen Schreibtisch, ohne mir Fragen zu stellen, und geh dann in den Raum, wo sich die Empfängerkabine befindet. Schau dich genau in dem Raum um! Du mußt unbedingt eine Fliege finden, die dort sein muß, nach der ich aber vergeblich gesucht habe. Ich bin leider gehandikapt und sehe kleine Gegenstände schlecht.

Vorher aber mußt du mir schwören, daß du alles tust, worum ich dich bitte, und vor allem, daß du nicht verlangst, mich zu sehen. Ich kann nicht sprechen. Drei Schläge an die Tür bestätigen mir, daß du mir versprichst, mir blind zu gehorchen. Mein Leben hängt von der Hilfe ab, die du mir geben kannst. B.

Ich bezwang meine innere Bewegung und klopfte dreimal in kurzen Abständen an die

Tür. Ich hörte Bob zur Tür kommen. Seine Hand suchte den Riegel und zog ihn zurück. Ich trat ein, mit der Schale Milch in der Hand, und ich spürte, daß er hinter der offenen Tür geblieben war. Ich widerstand dem Verlangen, mich umzudrehen, und sagte nur:
›Du kannst dich auf mich verlassen, Liebling.‹
Nachdem ich die Schale auf den Schreibtisch gestellt hatte, unter die einzige Lampe, die im Zimmer brannte, ging ich in den anderen Teil des Labors, der hell erleuchtet war. Dort herrschte ein großes Durcheinander: Akten und zerbrochene Gefäße lagen verstreut am Fußboden zwischen umgeworfenen Stühlen. Aus einer großen Emailleschale, in der halbvernichtete Papiere lagen, stieg ein ätzender Geruch.
Ich wußte genau, daß ich die Fliege nicht finden würde: mein Instinkt sagte mir, daß die Fliege, welche mein Mann suchte, nur diejenige sein konnte, welche Harry gefangen und auf meine Anweisung hin wieder freigelassen hatte.

Ich hörte, wie Bob in dem Raum nebenan an seinen Schreibtisch trat, und einen Augenblick später vernahm ich ein seltsames saugendes Geräusch, als ob er Mühe habe zu trinken.

›Bob, hier ist keine Fliege. Kannst du mir keine näheren Angaben machen? Wenn du nicht sprechen kannst, klopfe auf deinen Schreibtisch. Ein Schlag: ja, zwei Schläge: nein.‹

Ich hatte versucht, meiner Stimme einen möglichst normalen Klang zu geben, und bemühte mich, ein Schluchzen zu unterdrücken, als er zweimal kurz auf seinen Schreibtisch klopfte.

›Darf ich in den Raum zurückkehren, in dem du bist? Ich verstehe nicht, was geschehen ist, aber was immer es sei, ich werde mutig sein.‹

Einen Moment herrschte Schweigen, dann klopfte er einmal auf seinen Schreibtisch.

An der Tür, welche die beiden Räume voneinander trennte, blieb ich vor Entsetzen wie angenagelt stehen. Bob hatte seinen Kopf mit einem goldfarbenen Samttuch bedeckt, das sich für gewöhnlich auf dem Tisch befand, an dem er aß, wenn er von seiner Arbeit nicht fortwollte.

›Bob, wir suchen morgen weiter, bei Tage. Kannst du dich nicht schlafen legen? Wenn du willst, führe ich dich ins Fremdenzimmer zum Übernachten und sorge dafür, daß dich niemand sieht.‹

Seine linke Hand kam unter dem Tuch hervor, das ihn bis zum Bauch bedeckte, und er klopfte zweimal.

›Brauchst du einen Arzt?‹

Nein.

›Willst du, daß ich Professor Moore anrufe? Vielleicht ist er dir nützlicher als ich!‹

Zweimal klopfte er schnell mit der Hand. Ich wußte nicht mehr, was ich tun noch sagen sollte. Ein Gedanke kreiste unablässig in meinem Kopfe, und ich sagte:

›Harry hat heute morgen eine Fliege gefunden, die ich ihn freilassen hieß. War es etwa diejenige, welche du suchst? Harry hat gesagt, sie habe einen weißen Kopf gehabt.‹

Bob ließ einen seltsam rauhen Seufzer hören, mir schien, er klinge gleichsam metallisch.

Ich biß mich in die Hand, bis das Blut kam, um nicht laut aufzuschreien. Er hatte seinen rechten Arm unter dem Tuch hervorgleiten lassen, und anstelle seiner Hand und seines Handgelenks sah ich eine Art grauen Stabs mit kleinen Häkchen, die über seinen Ärmel hinausragten.

›Bob, mein Liebster, erklär mir doch bloß, was passiert ist! Ich kann dir doch vielleicht leichter helfen, wenn ich weiß, worum es sich handelt... O Bob, das ist entsetzlich!‹ sagte ich und versuchte vergeblich, mein Schluchzen zu unterdrücken.

Seine linke Hand kam unter der Decke hervor, und nachdem er einmal auf den Schreibtisch geklopft hatte, zeigte er auf die Tür.

Ich ging hinaus und brach im Gang in Schluchzen aus, als er den Riegel an der Tür vorschob. Ich hörte ihn hin- und hergehen und wieder auf der Schreibmaschine schreiben. Schließlich schob er ein Blatt unter der Tür durch, und ich las:

Komm morgen wieder, Anne! Ich werde dir eine Erklärung tippen. Nimm ein Schlafmit-

tel und geh zu Bett! Ich werde all deine Kraft brauchen, meine Liebste! B.

›Brauchst du nichts für die Nacht, Bob?‹ schrie ich durch die Tür, nachdem ich mein Schluchzen unterdrücken konnte. Er klopfte zweimal schnell, und ein wenig später hörte ich, wie er wieder zu tippen anfing.

Die Sonne schien mir in die Augen, als ich erwachte. Ich hatte den Wecker auf fünf Uhr gestellt, aber durch das Schlafmittel hatte ich ihn nicht rasseln hören. Es war sieben Uhr, und ich stand völlig verzweifelt auf. Ich hatte geschlafen wie auf dem Grunde eines schwarzen Loches, vollkommen traumlos. Jetzt, als ich wieder in den lebendigen Alptraum zurückversetzt war und an Bobs Arm denken mußte, brach ich in Weinen aus. Ich stürzte in die Küche, wo ich vor den verdutzten Leuten hastig ein Tablett mit Tee und Toast zurechtmachte, das ich schnell zum Labor trug.
Bob öffnete mir nach einigen Sekunden die Tür und schloß sie hinter mir. Zitternd sah

ich, daß er immer noch die Decke über dem Kopf trug. An seinem aufgeschlagenen Feldbett, seinem völlig zerknitterten Anzug sah ich, daß er zumindest versucht hatte, ein wenig Schlaf zu finden.

Auf seinem Schreibtisch, wo ich das Tablett absetzte, erwartete mich ein Blatt Papier, das mit der Maschine beschrieben war. Er war an die Tür des benachbarten Zimmers gegangen, und ich begriff, daß er allein sein wollte. So trug ich seine Mitteilung in den anderen Raum, und während ich las, hörte ich, wie er von dem Tee trank.

Entsinnst du dich an den Aschenbecher? Mit mir selbst ist ein ähnliches Unglück geschehen, nur, leider, ein viel ernsteres! Ich hatte mich selbst ein erstes Mal erfolgreich des- und reintegriert. Während eines zweiten Versuches habe ich nicht bemerkt, daß eine Fliege in die Übertragungskabine eingedrungen war.

Meine einzige Hoffnung ist, diese Fliege wiederzufinden und mit ihr zusammen den Prozeß noch einmal durchzumachen. Such überall, denn wenn du sie nicht findest, muß ich sehen, daß ich spurlos verschwinde.

Ich hatte eine ins einzelne gehende Erklärung gewünscht, aber Bob hatte wohl einen Grund, sie mir nicht zu geben. Sicherlich mußte er entstellt sein, und ich zitterte bei der Vorstellung, sein Gesicht könne umgekehrt sein wie die Inschrift auf dem Aschenbecher. Ich stellte es mir vor, mit den Augen an der Stelle des Mundes oder der Ohren.
Aber es hieß ruhig bleiben und ihn retten. Das Wichtigste, was getan werden mußte, war, die Fliege wiederzufinden – um jeden Preis.
›Bob, kann ich hereinkommen?‹
Er öffnete die Tür zwischen den beiden Laborräumen.
›Bob, verzweifle nicht! Ich werde diese Fliege finden. Sie ist nicht mehr im Labor, aber sie kann nicht weit sein. Ich ahne, daß du entstellt bist, aber davon, daß du verschwindest, kann keine Rede sein. Das werde ich niemals zulassen. Wenn du nicht gesehen werden willst, mache ich dir eine Maske, eine

Kapuze, und du fährst mit deinen Forschungen fort, bis du wieder normal werden kannst. Wenn nötig, werde ich sogar an Professor Moore oder andere Gelehrte, die mit dir befreundet sind, herantreten. Wir werden dich retten, Bob.‹

Er klopfte heftig auf seinen Schreibtisch, und wieder hörte ich diesen rauhen, metallischen Seufzer unter der Decke hervorkommen, die seinen Kopf umhüllte.

›Verlier nicht die Nerven, Bob! Ich werde nichts tun, ohne es dich vorher wissen zu lassen, das verspreche ich dir. Hab Vertrauen zu mir und laß mich dir helfen. Du bist entstellt, nicht wahr? Wahrscheinlich furchtbar. Willst du mich nicht dein Gesicht sehen lassen? Ich habe keine Angst. Ich bin deine Frau, Bob.‹

Er schlug zornig zweimal auf seinen Schreibtisch und bedeutete mir zu gehen.

›Gut. Ich gehe jetzt auf die Suche nach dieser Fliege, aber schwöre mir, daß du keine Torheiten machst; schwöre mir, daß du nichts tust, ohne es mich vorher wissen zu lassen, ohne dich vorher mit mir beraten zu haben.‹

Er streckte langsam seine linke Hand aus, und ich begriff, daß er mir damit sein Versprechen gab.

Ich werde nie diesen schrecklichen Tag der Jagd auf die Fliege vergessen. Ich stellte das ganze Haus auf den Kopf und ließ die Bedienten an meiner Suche teilnehmen. Ich konnte ihnen lange erklären, daß es sich um eine aus dem Labor meines Mannes entkommene Fliege handelte, mit welcher er ein Experiment gemacht hatte und die er unter allen Umständen lebend wiederhaben mußte – ich bin sicher, daß sie glaubten, ich sei wahnsinnig geworden. Das war es übrigens, was mich später vor der Schande rettete, gehängt zu werden.

Ich befragte Harry. Als er nicht sofort begriff, schüttelte ich ihn, und er fing an zu weinen. Ich mußte mich also mit Geduld wappnen. Ja, er erinnerte sich. Er hatte die Fliege auf dem Fenstersims in der Küche gefunden, aber er hatte sie gleich wieder freigelassen, wie ich es ihm befohlen hatte.

Selbst mitten im Sommer haben wir nur wenig Fliegen, denn unser Haus liegt hoch auf einem Hügel ohne Gebüsch noch Gestrüpp.

Trotzdem fing ich Hunderte von Fliegen an dem Tag. Überall auf den Fenstersimsen und im Garten hatte ich Untertassen mit Milch aufstellen lassen, Süßigkeiten und Zucker, um sie anzulocken. Keine entsprach der von Harry gelieferten Beschreibung. Ich konnte sie unter der Lupe betrachten, soviel ich wollte, sie waren einander alle gleich. Keine hatte einen weißen Kopf.

Zu Mittag trug ich Milch und Kartoffelpüree zu meinem Mann. Ich brachte ihm auch einige Fliegen, die ich auf gut Glück gefangen hatte, aber er gab mir zu verstehen, daß sie ihm nicht das mindeste nützten.

›Wenn wir die Fliege nicht bis heute abend finden, Bob, überlegen wir, was zu tun ist. Am besten ist, ich quartiere mich in dem Nebenzimmer ein, die Tür machen wir zu. Wenn du nicht mit dem Signal Ja oder Nein antworten kannst, schreibst du mir deine Antworten auf der Maschine und schiebst sie wie bisher unter der Tür durch. Bist du einverstanden?‹

Ja, klopfte Bob mit seiner gesunden Hand.

Am Abend hatten wir die Fliege noch immer nicht gefunden. Bevor ich Bob etwas zu essen brachte, ging ich zögernd zum Telefon. Ohne jeden Zweifel war es für meinen Mann eine Frage auf Leben oder Tod. Ob ich stark genug sein würde, gegen seinen Willen anzukämpfen und ihn zu hindern, seinem Leben ein Ende zu setzen? Er würde mir wahrscheinlich niemals verzeihen, wenn ich mein Versprechen bräche, aber ich dachte, dies wäre immer noch nicht so schlimm, als wenn er verschwände. So nahm ich zitternd den Hörer ab und wählte die Nummer von Professor Moore, seinem engsten Freund.

›Der Professor ist verreist, er wird erst Ende der Woche zurückkommen‹, erklärte mir eine gleichgültige Stimme höflich am andern Ende der Leitung.

So war also das Los gefallen. Nun, dann würde ich eben allein kämpfen und allein Bob retten.

Ich war fast ruhig, als ich in das Labor kam, und ließ mich wie vereinbart im Nachbar-

raum nieder, um die mühsame Unterhaltung zu beginnen, die einen guten Teil der Nacht dauern sollte.
›Bob, kannst du mir genau sagen, was geschehen ist? Was ist dir tatsächlich passiert?‹
Ich hörte eine Zeitlang das Klappern der Maschine, dann wurde seine Antwort unter der Tür durchgeschoben:

Anne,
ich will lieber, daß du dich meiner erinnerst, wie ich vorher war. Ich muß mich vernichten. Ich habe lange nachgedacht und sehe nur ein sicheres Mittel, und du allein kannst mir helfen. Ich habe an Desintegration in meinem Apparat gedacht, aber das geht nicht, denn ich riskiere, eines Tages durch einen anderen Gelehrten reintegriert zu werden. Und das darf um keinen Preis geschehen.

Ich fragte mich einen Moment, ob mein Mann wahnsinnig geworden sei.
›Du magst vorschlagen, was du willst, ich stimme einer solchen Lösung niemals zu, mein Liebster. Das Ergebnis deines Versu-

ches mag schrecklich sein, aber du bist am Leben, du bist ein Mann, du hast einen Geist, eine Seele. Du hast nicht das Recht, dich selbst zu zerstören.‹

Die Antwort wurde wieder auf der Maschine geschrieben und dann unter der Tür durchgeschoben.

Ich bin am Leben, aber ich bin kein Mensch mehr. Meine geistigen Fähigkeiten können von einem Augenblick zum andern verschwinden. Sie haben übrigens schon stark nachgelassen. Und ohne Geist kann es keine Seele geben.

›So müssen andere Gelehrte über deine Versuche unterrichtet werden. Sie werden dich schließlich retten!‹

Bob ließ mich zusammenfahren, indem er nervös, fast wütend zweimal gegen die Tür klopfte.

›Bob, weshalb denn nicht? Warum lehnst du ihre Hilfe ab, die sie dir sicher von ganzem Herzen gern gewähren würden?‹

Darauf erschütterte mein Mann die Tür mit einem Dutzend wilder Schläge, und ich begriff, daß ich nicht weiter auf diesem Vorschlag bestehen durfte.

Darauf sprach ich von mir, von seinem Sohn, von seiner Familie. Er antwortete mir nicht einmal mehr. Ich wußte nicht mehr, was ich denken sollte. Schließlich fiel mir etwas ein, und ich fragte:

›Bob . . . hörst du mich?‹

Er schlug einmal, viel sanfter.

›Du hast auf den Aschenbecher deines ersten Versuches hingewiesen, Bob. Glaubst du, daß, wenn du ihn noch einmal durch deinen Apparat geschickt hättest, wenn du ihn noch einmal des- und reintegriert hättest, die Buchstaben ihren richtigen Platz wieder eingenommen hätten?‹

Einige Minuten später las ich auf dem Blatt Papier, das er unter der Tür durchgeschoben hatte:

Ich weiß, worauf du hinauswillst, Anne. Ich habe über diese Möglichkeit nachgedacht, und deshalb brauche ich die Fliege. Sie muß mit mir zusammen zurückübertragen werden – sonst ist alles hoffnungslos.

›Versuch es doch auf gut Glück! Man weiß doch nie...‹
Ich habe es bereits versucht, war diesmal die Antwort.
›Bob, versuch es noch einmal!‹
Bobs Antwort gab mir ein klein wenig Hoffnung, denn keine Frau hat je verstanden oder wird verstehen, daß ein Mann noch scherzen kann, wenn er weiß, daß er sterben muß. Eine Minute später las ich also:

Ich bewundere deine reizende weibliche Logik. Wir könnten das Spiel hundert Jahre und länger treiben... Aber um dir die Freude zu machen, welche zweifellos die letzte ist, werde ich mich nochmals dem Prozeß unterziehen. Wenn du keine schwarze Brille findest, dreh der Empfängerkabine den Rücken zu und bedecke deine Augen mit den Händen! Sag mir, wenn du bereit bist!

›Also gut, Bob!‹
Ohne auch nur nach der Brille zu suchen, hatte ich seinen Anweisungen gehorcht, ich hörte, wie die Tür der Übertragungskabine

sich öffnete und wieder schloß. Einen Augenblick, der mir endlos erschien, mußte ich warten, dann hörte ich ein heftiges Krachen und gewahrte einen hellen Schein, der zwischen den Fingern hindurchdrang, die ich vor die Augen gelegt hatte.
Ich drehte mich und schaute mich nach Bob um.
Bob, mit seinem Samttuch über dem Kopf, kam langsam aus der Empfängerkabine heraus.
›Hat sich nichts geändert, Bob?‹ fragte ich leise, indem ich ihn am Arm berührte.
Bei dieser Berührung fuhr er zurück und stieß gegen einen umgekippten Schemel, den ich nicht aufgehoben hatte. Er machte heftige Anstrengungen, nicht das Gleichgewicht zu verlieren, aber er fiel nach hinten, wobei ihm das Tuch langsam vom Kopf glitt.
Nie werde ich diese Schreckensvision vergessen. Ich schrie auf vor Angst, und je mehr ich schrie, um so mehr Angst bekam ich. Ich stopfte meine Fäuste in den Mund, um meine Schreie zu unterdrücken, und nachdem ich sie bis zum Bluten aufgebissen hatte, schrie

ich nur noch stärker. Ich wußte und fühlte, daß, wenn es mir nicht gelang, meinen Blick von ihm abzuwenden und die Augen zu schließen, ich nie würde aufhören können zu schreien.

Langsam bedeckte das Ungeheuer, zu dem mein Mann geworden war, wieder seinen Kopf, bevor er sich tastend aufs neue zur Tür begab, und ich konnte endlich meine Augen schließen.

Ich, die an eine bessere Welt glaubte, an ein ewiges Leben, die niemals Angst vorm Tode gehabt hatte, mir blieb nur noch die eine Hoffnung: das Nichts nach dem Tod. Denn selbst in einem Leben nach dem Tode würde ich niemals vergessen können. Niemals würde ich das Bild dieses Alptraums von einem Kopf aus meiner Erinnerung löschen können, dieses weißen behaarten Kopfes mit flachem Schädel, mit Katzenohren, mit Augen, die von zwei braunen Scheiben bedeckt waren, groß wie Teller und bis zu den spitzigen Ohren reichend. Rosig war die Schnauze, die ebenfalls an eine Katze erinnerte, aber an der Stelle des Mundes befand sich ein senkrechter Schlitz, umgeben von langen roten Haaren, von dem eine Art schwarzen, behaarten Rüssels herabhing, der sich trompetenförmig erweiterte.

Ich mußte in Ohnmacht gefallen sein, denn ich befand mich ausgestreckt auf den kalten Fliesen des Labors, als ich wieder zu mir kam. Hinter der Tür hörte ich das Geräusch von Bobs Schreibmaschine.

Ich war betäubt, wie man es nach einem schweren Unfall sein muß, wenn man noch nicht ganz begreift, was geschehen ist, und noch keine eigentlichen Schmerzen verspürt. Ich mußte an einen Mann denken, den ich einmal auf einem Bahnhof gesehen hatte. Er saß, völlig bei Bewußtsein, am Rande des Bahnsteigs und blickte mit einer Art gleichgültiger Bestürzung auf sein Bein, das noch auf dem Schienenstrang lag, über den soeben der Zug gefahren war.

Der Hals tat mir furchtbar weh, und ich fragte mich, ob ich mir nicht die Stimmbänder zerrissen hatte beim Schreien. Nebenan hatte das Tippen aufgehört, und einen Augenblick später wurde ein Blatt unter der Tür durchgeschoben. Zitternd vor Ekel ergriff ich es mit den Fingerspitzen und las:

Nun wirst du begreifen. Dieser letzte Versuch war ein weiteres Unheil, meine arme Anne. Du hast sicherlich einen Teil von Dandelos Kopf wiedererkannt. Bei meiner letzten Übertragung war mein Kopf der einer Fliege. Jetzt hab ich davon nur noch die Augen und den Mund: der Rest ist ersetzt durch den reintegrierten Teil des Kopfes der Katze, die verschwunden war. Du verstehst jetzt, daß es nur noch einen möglichen Ausweg gibt, nicht wahr, Anne? Ich muß verschwinden. Klopfe dreimal an die Tür, um mir dein Einverständnis anzuzeigen, und ich werde dir erklären, was wir tun.

Ja, er hatte recht, er mußte verschwinden, für immer. Ich begriff, daß es ein Fehler von mir gewesen war, einen weiteren Versuch vorzuschlagen, und fühlte unklar, daß mehr Versuche nur noch furchtbarere Veränderungen ergeben konnten.
Ich näherte mich der Tür und versuchte zu

sprechen, aber es kam kein Ton aus meiner Kehle, die wie Feuer brannte. Ich tat also die drei gewünschten Schläge.

Den Rest können Sie nun erraten. Er erklärte mir seinen Plan, indem er ihn mit der Maschine niederschrieb. Ich nahm ihn an.

Mir war eiskalt, und ich zitterte, als ich ihm wie ein Automat, in einem gewissen Abstand, bis zur Fabrik folgte. In der Hand hielt ich eine ganze Seite voller Anweisungen über die Bedienung des Preßlufthammers.

Als er vor dem Hammer stand, hüllte er sich den Kopf wieder ein, streckte sich, ohne sich umzuwenden, ohne eine Geste des Abschieds, auf dem Boden aus und legte seinen Kopf genau auf den Platz, wo die große Metallmasse des Hammers aufschlagen mußte.

Meine Aufgabe zu verrichten war nicht schwer, denn es war nicht mein Mann, sondern ein Ungeheuer, das ich zu töten hatte. Bob war schon tot. Ich führte nur noch seinen letzten Willen aus.

Die Augen auf den unbeweglich daliegenden Körper gerichtet, drückte ich auf den roten

Knopf. Die Metallmasse senkte sich schweigend und langsamer, als ich gedacht hatte. Der dumpfe Aufschlag des Hammers am Boden mischte sich mit einem einzigen trockenen Knacken. Den Körper meines... des Ungeheuers durchlief ein Schauer, dann bewegte er sich nicht mehr.

Ich näherte mich ihm und sah, daß Bob vergessen hatte, seinen rechten Arm, das Fliegenbein, auch unter den Hammer zu legen.

Meinen Ekel, meine Furcht überwindend und eilig – denn ich dachte, das Geräusch des Hammers werde vielleicht den Nachtwächter herbeirufen – drückte ich auf den Knopf zum Heben des Hammers.

Mit klappernden Zähnen und weinend vor Angst mußte ich von neuem meinen Ekel überwinden, um seinen seltsam leichten rechten Arm zu heben und vorwärtszubewegen.

Zum zweitenmal ließ ich den Hammer fallen; darauf verließ ich rennend die Fabrik.«

Am nächsten Tag kam Inspektor Twinker zu mir zum Tee.

»Ich habe eben erfahren, daß Lady Browning gestorben ist, und da ich mich mit dem Tode Ihres Bruders befaßt hatte, hat man mich mit der diesbezüglichen Untersuchung ebenfalls betraut.«

»Und liegen schon Befunde vor, Herr Inspektor?«

»Der Arzt ist ganz sicher. Lady Browning hat sich mit einer Zyanidkapsel selbst den Tod gegeben. Sie muß sie seit ... langer Zeit schon bei sich gehabt haben.«

»Kommen Sie zu mir ins Büro, Herr Inspektor! Ich möchte Ihnen ein merkwürdiges Dokument zu lesen geben, bevor ich es vernichte.«

Twinker setzte sich an meinen Schreibtisch und las bedächtig und scheinbar ruhig das lange »Bekenntnis« meiner Schwägerin, während ich am Kamin meine Pfeife rauchte.

Schließlich wendete er die letzte Seite um, fügte die Blätter sorgfältig wieder zusammen und gab sie mir.

»Was halten Sie davon?« fragte ich ihn, indem ich die Blätter leise dem Feuer übergab.

Er antwortete nicht gleich, sondern wartete schweigend, bis die Flammen die weißen Blätter aufgezehrt hatten, die sich im Feuer krümmten.

»Ich glaube, daß dieses Schriftstück tatsächlich bewiesen hat, daß Lady Browning wahnsinnig war«, sagte er schließlich, indem er mich mit seinen klaren Augen ansah.

»Ja, ohne Zweifel!« sagte ich, während ich meine Pfeife wieder ansteckte.

Eine ganze Weile schauten wir beide stumm ins Feuer.

»Ich habe heute morgen etwas Merkwürdiges getan, Herr Inspektor. Ich bin zum Friedhof gegangen, zum Grab meines Bruders. Niemand war dort.«

»Doch, ich war dort, Mr. Browning. Ich wollte Sie bei Ihrer ... Arbeit nicht stören.«

»Sie haben mich gesehen ...?«

»Ja, ich habe gesehen, wie Sie eine Streichholzschachtel begraben haben.«

»Wissen Sie, was drin war?«

»Vermutlich eine Fliege.«
»Ja, ich habe sie heute früh gefunden. Sie war in einem Spinnennetz im Garten gefangen.«
»War sie tot?«
»Noch nicht ganz. Ich hab sie genommen... und hab sie zwischen zwei Steinen zerdrückt. Sie hatte einen... ganz weißen Kopf.«